KB271350

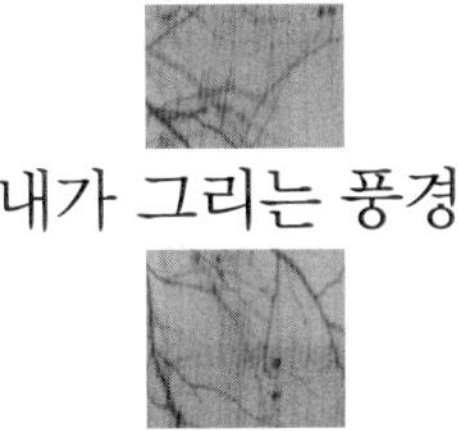

내가 그리는 풍경

over a wall
poetry
8

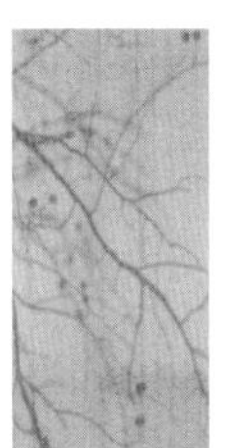

내가 그리는 풍경

강 돈 희 시집

담장너머

보석을 가꾼다는 것이 그만 구슬이 되고 말았습니다.
보석은 얻지도 못하고 구슬만 매만진 셈입니다.
그러나 아직도 가슴 속엔 여전히 다듬지 못한 잔보석들이 많이 있습니다.
옥석을 갈릴 줄 아는 안목과 감각도 길러야겠고, 가야 할 길은 아직도 멀기만 합니다.
언젠가 가슴 속에 영롱하게 빛날 진주 같은 보석 하나 얻기를 바랄 뿐입니다.

꽃이 저절로 피는 것이 아니듯 진주도 저절로 맺히는 것이 아님을 잘 알고 있습니다.
스스로 먼저 씨알이 되어야 할 것이며, 더 많은 천둥과 번개도 있어야 함을 압니다.
부끄러움도 견딜 줄 알아야 오늘보다 더 빛나는 내일을 맞을 수 있을 것입니다.

시는 제 인생의 꽃입니다.
시로써 영글어가는 작은 인생이기를 소망합니다.
그러기 위해 더 많이 비우고 버리기를 배워야겠습니다.
많이 메마른 가슴에 단비가 내렸으면 좋겠습니다.

긴 가뭄으로 단비 그리운 날에
강돈희

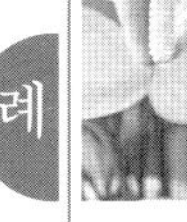

▨ 가을 냄새
내가 그리는 풍경 *2부*

▩ 보금자리
내가 그리는 풍경 *4부*

1부

소·꿉·놀·이

절름발이

도로에 차가 밀리는 것은
차가 많아서가 아니다
길을 가로막고 달리지 않는
절름발이 많기 때문이다

네 바퀴 달고서
한 바퀴 달린 양
깽깽이로 가기 때문이다
거북이처럼 더듬기 때문이다

남의 사정 봐주지 않는
나만 아는 마음들이
길 위에서 화려한 꽃으로
눈부시게 피었기 때문이다

허망

기다란 옥수수 대
깡마른 모습으로 바짝
말라붙었다

밑동은 아직도 푸르른데
하늘 향하던 머리는
누렇게 바랬다

세월이 만든 작품
아무도 만들 수 없고
그 무엇도 거슬릴 수 없네

아, 이런 게 인생이구나
허망이구나
그저 잠시 머물다 갈 뿐이구나

깨달음

TV를 *끄고서야*
우리가 얼마나 시끄러운
소음 속에서 살고 있는지 알았다

백수가 되고 나서야
일과 직장이 있다는 것이
얼마나 고마운 일인지를 알았다

가을 가뭄이 계속되고야
결실을 위해서 비가
얼마나 고마운 존재인지를 알았다

네가 가고 나서야
비로소 사랑이 무엇인지 알았다
세상이 깨지는 아픔이 어떤 것인지를 배웠다

내 비록

내 비록 늦게 태어나
독립운동은 못했다만
일찍이 잘 먹고 잘 사는데
뜻을 두진 않았다

내 비록 배움이 적어
큰 지식 갖추지는 못했으나
그로인해 기가 죽거나
세상을 원망하진 않았다

내 비록 재주라곤
자랑할 것 하나 없지만
스스로 좋아서 하는 일에
게으름 부리진 않았다

내 비록 가진 것이라곤
건강한 몸과 마음뿐이지만
오로지 성공과 출세만을 쫓아
인생을 소비하진 않았다

한 마디 말

5만원을 5억으로 아는 사람
처조카가 그랬다
공인중개사 시험 보는 날
엿 대신 준 용돈

고모, 고마워요
5억으로 알고 쓸게요
마누라에게서 전해들은 이야기
내 콧등도 시큰해졌다

이 얼마나 아름다운 말인가
계산할 수 없는 가치
천냥빛도 능히 갚을 수 있는
마음담긴 한마디 말

네 영혼이

네 영혼이 큰 줄 알았더니
겨우 벌같이 작은 미물에도 놀라느냐

네 영혼이 고상한 줄 알았더니
겨우 네 작은 몸 하나 다스리질 못하느냐

진실로도 이기기 힘든 게임을
허위와 가식으로 이기겠다니 가소롭구나

거짓으로 똘똘 뭉쳐 무엇을 이루려 하느냐
평생을 허망만을 쫓아 살려 하느냐

착하고 오직 진실 되게 살아도
언제나 부족하고 짧은 세상인 것을

답답한 운전

차를 끌고 도로에 나서면
아줌마만 답답한 것이 아니다
감각 없는 아저씨도 부지기수다

앞 차가 없어도
길이 뻥 뚫려 있어도
결코 달리지 않는다
옆으로 비켜주지도 않는다

좁은 도로에 넘치는 차량
뻥 뚫린 도로에 답답한 운전
늘어나는 짜증에 열리는 뚜껑

오래살고 싶으면 운전하지 마라
사고가 무서운 게 아니라
짜증에 죽는다

소꿉놀이

여보, 우리
옛날로 돌아가
소꿉놀이 한 번 합시다

흙으로 밥을 짓고
나뭇잎으로 돈을 만들고
당신은 아빠
나는 마누라가 되어

세상이 무언지 모르던
철없던 어린 시절
때묻지 않은 마음으로 돌아가

오손 도손 살갑게
알콩달콩 행복한 부부처럼
하하 호호 웃음꽃 넘치는
소꿉놀이 다시 한 번 해봅시다.

내가 그리는 풍경

하루하루 내가 그리는 풍경
내 삶을 이룬다

헛된 망상 속에 익어가던 쓸쓸한 모습도
내가 그린 풍경의 하나였고

아침마다 강아지 끌고 거닐던 산책도
그런 풍경 중의 하나였다

어느 날 갑자기 초라한 모습으로
업자가 된 것도 내가 그린 풍경이었고

오십 넘어서도 좌충우돌
꼬여만 가는 인생도 내가 그린 풍경이었다.

참된 가치

지금까지 내가 쓴 돈
얼마나 될까

그 중에 나를 위해 쓴 돈
얼마이고

남을 위해 쓴 돈은
얼마쯤일까

번 돈보다
쓴 돈이 더 많고

잘 쓴 돈보다는
헛되이 쓴 돈이 더 많다

잘먹고 잘산다는 건
어떻게 사는 걸까

아직도 가슴은 텅 비어 있는데
열심히 밥만 찾는 내 영혼

증거

창고에서 썩고 있는
액자를 보면
모든 것이 꿈이라는
생각을 하게 된다

이젠 낡고 곰팡이 쓸어
주인에게 조차
버림받은
먼지만 쌓인 물건

그래,
한 때는 나도
잘 나가던 때가 있었지
바로 저 곰팡이가 그 증거야

상품

사람이 물건 되어
상품 아닌 상품이 되어
사고 팔리는 세상

몸값은 자존심의 상징
더 큰 부를 위해
아낌없이 투자해야 한다

스스로 물건 되어야
대우받는 세상
나는 과연 얼마짜릴까

영역표시

우리 집 강아지
한 쪽 다리 들고
영역표시 한 전봇대에

지나가던 동네 아저씨
엉거주춤 선 채로
똑 같은 짓을 하신다

저것도 영역표실까
묵묵히 바라보던 강아지
어이없어 웃는다

세상의 수컷은 다 똑같다

차만 봐도 안다

차만 봐도 안다
서민인지 아닌지

크기가 작거나
늙다리여서가 아니다

아프면 병원가야 하는 건
차도 마찬가지

결핍하다는 이유로
아파도 치료 받지 못하고

찢기고 터지고 멍든 채
사는 건 아픔이다

차만 봐도 안다
얼마나 시린 가슴으로 사는지를

그 주인이
서민인지 아닌지를

무감각

네 목에 굵은 사슬을 거는 모진 일도
하루 이틀 하다보면 일도 아니다

시골 살면서 알게 모르게 죽인 그 많은 생명들
일년 이년 지나다보면 의식도 없다

무릇 먹고 사는 모든 일이 그러하듯
물과 공기와 햇볕의 고마움을 잊고 살듯이

우리들은 정작 중요한 것들을 모두 잊은 채
무작정 앞만 보고 뛰어간다

숨쉬기 운동 하나만은 확실하게 하면서
더 큰 욕망을 채우기 위해 살 뿐이다.

의문

누구나 살다보면
까불고 싶을 때가 있다

차를 갖고 까불기도 하고
글이나 말로써 까불기도 하며
재주와 힘을 믿고 까불기도 한다

누구의 까붊이 더 귀여운지
내 알지 못하나
까분다고 다 웃음이 나는 건
더더욱 아니다

때로는 까붊이 상처보다 더 쓰리고
피보다 더 아프고
눈물보다 더 슬프기도 한다

까부는 것이 다 좋은 것이 아님을
사람들은
왜

왜
모를까

지금 내가 수능 본다면

지금 내가 수능 본다면
아마 빵점일거야

아니, 아니지
국어문제 두어 개는 맞추겠지

역사문제 서너 개도
맞출 수 있을 거야

수학과 영어는
무조건 빵점일 테고

과학도 자신 없고
미술과 음악도 마찬가지고

후후 잘 한다
전국 최저 점수 나오겠네

시간도 죄가 된다

돈이 많으면 죄가 된다지만
시간도 많으면 죄가 된다

가진 게 돈과 시간뿐인 사람은
이미 큰 죄인이다

돈과 시간 없음을 한탄하지 마라
천국 갈 가능성이 높다

인생은 허망 속에 사는 것
허망을 쌓지 않는 것이 복이다

황홀한 죽음

파리 한 쌍
붙은 채로 죽었다
죽어도 떨어지지 않았다

한날 한시 한몸으로 죽었다
삶의 완성!

죽음도 사랑만큼 황홀했을까?

하늘의 뜻

죽을 뻔했던 고비 몇번이었나
하마 그때 갔으면
지금의 나는 없겠지

아직까지 숨쉬며
멀쩡히 살아있는 건
다 하늘의 뜻

더 큰일 하며
더욱 아름답게 살라는
하늘의 고마운 뜻

제 값도 못하고

번지르르 한 옷차림에 화려한 넥타이를 매고
맛있는 반찬으로 끼니를 때우며
폼 나는 차 타고 으시대며 다니지만

옷값이나 제대로 하는지
밥값도 똑 부러지게 못하고
중년의 나이는 전부 어디로 먹었는지

소중한 시간 흐물흐물 죽이며
오로지 낭비와 허세로 일관하는 인생
제 값도 못하는 것들만 넝마처럼 널려 있네

제 값도 못하고

관심

눈을 크게 떠야 하는 것은
고속도로에서의 일만은 아니다
밥상 앞에 앉아서도 그리해야 한다

된장찌개 그릇 뒤에 숨어 있는 간고등어는
눈을 크게 뜨지 않으면 보이질 않는다
제 몫 정량대로 먹으려면 눈을 더욱 크게 떠야 한다

관심은 밥상 앞일수록 더 크게 가져야 한다

고단한 삶

얼마나 고단한 삶이기에
끊임없이 졸고 있느냐

얼마나 고단한 삶이기에
눕자마자 코를 고느냐

얼마나 고단한 삶이기에
늦잠을 자고도 일어나질 못하느냐

얼마나 고단한 삶이기에
잠의 수렁에서 그토록 헤어나질 못하느냐

얼마나 고단한 삶이기에

얼마나 고단한 삶! 이기에

죄 값

등허리 휘었네
골 다 빠졌네

급한 불 겨우 껐으나
태산 같은 앞길

덜먹고 안 쓰고
알뜰히 모은 것

한순간에 홀라당
빈손 되었네

이 땅의 학부모
모두 다 죄인

그 죄 값 하느라
죄 없는 인생이 우네

넋두리

오른쪽 차도엔 BMW
왼쪽 차도엔 벤츠

거리도 풍요로워 보이고
동네도 富者스럽다

나는 언제 저런 차 타보나
한숨 섞인 넋두리

좋은 차 타는 사람들
부러워해본 적 없는데

내 차 작다고 부끄러워한 적
한 번도 없는데

뇌리에 박히는 씁쓸한 여운이
가는 발길 무겁게하네

부자

천천히 벌어서 갚지요
힘없이 내뱉던
너의 그 말이
나에겐 희망으로 들리더라

얼마가 걸리더라도
떼먹지 않고
도망가지 않고
꼭 벌어서 다 갚겠다는

네 마음이 곱더라
예쁘더라
나보다도 없는 네가
나보다도 더 부자이더라

어쩔 수 없네

1.
금 쪽 같은 시간 쪼개어
책을 보았네
아픈 눈 달래가며
글을 읽었지

굳게 다문 입술
말은 없어도
입가에 흐르는 미소
어쩔 수 없네

2.
금 쪽 같은 시간 쪼개어
수다 떨었네
아픈 입 달래가며
이야길 했었지

저절로 감기는 눈
막을 수 없어도
잠시도 다물 수 없는 입
어쩔 수 없네

2부

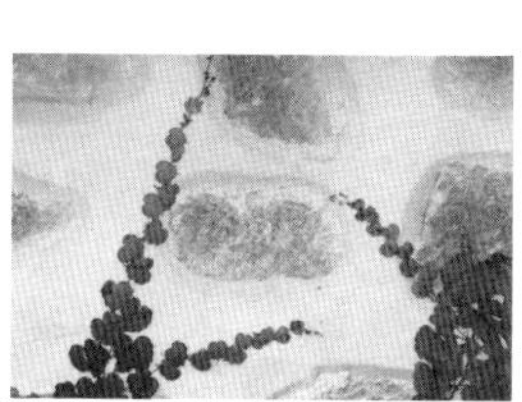

가·을·냄·새

할 말 없지만

누워야만 편해지는 몸을 갖고 사는 인생을
그것도 다 제 복이라고 하면
할 말 없지만

맛난 것 좋은 곳만 찾아다니는 일도
그것도 다 제 돈 제 맘대로 쓰는 거라 하면
할 말 없지만

아무런 뜻도 없이 시간을 소비하며 사는 것도
그것도 다 나름의 인생이라고 하면
할 말 없지만

저 혼자 제 잘난 맛에 사는 팔불출도
그것도 다 확실한 주관과 가치가 있기 때문이라면
정말 할 말 없지만

눈치

강아지가 말을 안들으면
너 된장 바른다

사람의 말이라고
강아지가 못 알아들을 것 같지만

그건 천만의 말씀
네가 하는 짓거리로 충분히 안다

집개 3개월이면
앉아서도 세상을 읽는다

전염

맹추를 친구로 둔 사람은
언젠가는 자기도 그렇게 된다는 사실을
알지 못한다

맹추도 전염이 된다는 것을
알지 못한다

정신도 때가 되면 오염된다는 것을
결코 알지 못한다

해서는 안 되는 말

먹고 사는 일이 해결된 사람은
번듯한 직장과 가정이 있는 사람은
형제들 모두 그런대로 살고 있는 사람은
지옥이란 말을 함부로 해선 안된다

돈을 좀 적게 벌어도
사는 게 빠듯하고 여유가 없어도
먹고 사는데 큰 문제없으면
이것도 사는 것이냐란 말 함부로 해서는 안된다

자랑

소리가 커야 좋은 차인가 보다
덩치가 커야 좋은 차인줄 알았는데

머플러 터져 시끄러운 내 차
그냥 타고 다녀야겠다

고치지 말고
자랑삼아

가난한 마음

하늘에 별이 없는 이유는
마음이 가난하기 때문이다

하늘에 별이 보이지 않는 이유는
욕심으로 마음이 그늘졌기 때문이다

하늘의 별이 반짝이지 못하는 이유는
별들도 어느새 인간의 마음을 닮았기 때문이다

늘 가슴에

술을 먹고도
취하지 못하는 나는
늘 가슴에 얼음을
담고 산다

사랑을 하면서도
뜨거워지지 못하는 나는
늘 가슴에 연정만
품고 산다

시를 쓰면서도
문향에 빠지지 못하는 나는
늘 가슴에 회한만
채우고 산다

늘 가슴에

가을 냄새

작은 울타리 넘어
찾아온 노랑나비 한 마리

내어줄 것 하나 없는데
도무지 갈 생각 없네

나풀나풀 춤추며
스스로 흥에 겨운데

날개에 묻힌
가을 냄새 진하다

하소연

나비가 내 곁을 맴도는 것은
뭔가 하고 싶은 말이 있기 때문이다

누군가 날 그리는 이가 있어
애틋한 사연 가슴에 담아 왔나보다

알아듣지 못하고 눈치채지 못하는
내가 미워서 저리 애타게 출렁이나보다

그리움

길이 열렸다
긴 겨울 다 지나도록
꿈쩍도 않더니

입춘 우수 지나자
기다렸다는 듯
봉우리가 열린다

겨우내 참고 참아
속으로 아문 그리움
은은한 향기가 되었다

가난한 자

가난한 자여
네 영혼이 그렇게 작아서야 되겠느냐
어떤 이는 새나라를 세울 걱정을 하는데
겨우 작은 시집 하나 만들면서
그게 그리 힘들더냐

가난한 자여
네 영혼이 그렇게 작아서야 쓰겠느냐
어떤 이는 전재산을 털어 이웃을 돕는데
그깟 카드 한장 만드는 것이
그렇게 걱정이 되더냐

페루 문어

저 멀고 먼 나라 페루
그 깊고 푸른 앞바다에 살던 문어

오늘 내 술안주가 되어
나를 만나고 있다

구름 뚫고 비행기 타고 왔느냐
고동소리 울리며 배를 타고 왔느냐

얇게 저며 포장된 너의 흰 속살
세상은 참으로 무상 하구나

빗나간 운명

열매를 맺고도
결실을 맺지 못하는
슬픈 것도 있다

노랗게 무르익어 떨어진
무수한 은행들
거두는 이 하나 없어
오고가는 차에게 무참히 짓밟혔다

열매는 알차게 여물었으나
갈무리 못한 인생
맛있는 영양분으로 거듭 날
소중한 기회를 잃었다

한순간 입안으로 사라질지라도
더 귀한 의미로 만날 운명을 놓쳤다
으스러져 깨져버렸다

변신

한여름 봉숭아물을
코에다 들이면
루돌프가 되겠지

한겨울 썰매를 끌며
꿈을 실어나르는
빨간 코 사슴이 되겠지

오해

아침 산책길 나선
강아지 머리 위 나비 한 마리

나풀대는 나비가 맘에 들어
강아지도 폴짝 수작을 건네는데

나비는 강아지가 괴물로 보여
한사코 멀어져만 가네

수험생

세상은 시험장
우리는 수험생
끝없는 선택과 도전

매 순간 순간
사는 일 하나 하나가
모두 시험지

정답도 모른 채
문제를 풀어야 하는
수험생 인생

은혜

지난 밤 비바람에 꺾여 버려진
채마밭 모퉁이 국화 몇 송이
주워다 꽃병에 꽂았네

구부정한 줄기 바로 세우고
마른 잎 뜯어내고
물 부어주고 씻어주었네

하루 지나자 생기가 도네
시들어가던 꽃봉오리 돋아나고
축 늘어졌던 이파리 되살아났네

이틀 지나자 가을 되었네
이렇게 예쁜 국화는 처음이야
주워다 꽂은 꽃도 은혜 갚을 줄 아네

은혜

뻥

하늘이 뻥
쏟아진 장대비
세상이 온통 물바다

속절없는 인간들
모두 아우성
마음이 뻥

속전속결

코드만 꽂으면 냅다 끓어오르는
성질 급한 포트가 있다

빨리 빨리 최대한 빨리를 외치는
한국 사람들에겐 딱이다

이젠 커피도 속전속결시대
맛보다는 시간이 먼저

바쁘게 살아야 사는 것 같단다
느림은 미학이 아니라 곧 죽음이다

별무지

땅 위에서도 별은 자란다
하얀 별 노란 별
너무 작아
두 눈 크게 떠야만
비로소 찾을 수 있는 별

김장 배추 쑥쑥 자라는
이른 가을 아침
밭고랑 옆 풀 더미 옆에
있는 듯 없는 듯
모여 사는 아기 별무지

향기가 없어도 좋아요
크기도 중요하지 않아요
함께 있어 고마운
사랑도 수줍은
얄밉도록 예쁜 별무지

뛰지 마라

뛰지 마라
뛰니까 더 큰 사고 난다
천천히 걸으면
날 사고도 안 난다

앞만 보고 냅다 뛰니까
일이 터지는 거다
사근사근 천천히 걸어라

걷지 않고 뛴다고
얼마나 더 빨리 가겠느냐
뒤도 돌아보며 살자
제발 뛰지 말고 걸어라

급할수록 돌아가라 했다
좀먹지 않는 세월을
네 어찌 무시하려 하느냐

개벽

천둥번개가 아무리 세상을 제압해도
상상도 못할 천재지변이 터져도

네 마음의 개벽이 없는 한
세상은 언제나 같은 모습, 같은 삶

인생은 한갓 헛된 꿈이려니
그대, 미몽에서 언제 깨어나려는고

불신의 시대

그 많은 감시 장치들
도청기, 카메라
비밀번호, 보안시스템

이런 것들이 필요한 이유는
그래야 삶이 더
안전하다고

이 불신의 시대에
안전한 삶이
정말 있기는 있는 것일까?

보석

당신은 나의 보석
다른 사람들 눈에는
안 보이지

오직
내 가슴 속에서만
반짝이지

누구도 모를 테지
우리가 얼마나 큰 보석을
끼고 사는지를

아픔

깎아놓은 손톱
초승달로 남았네

지난여름 들인
봉숭아물

선홍색 아직도
그대로인 채

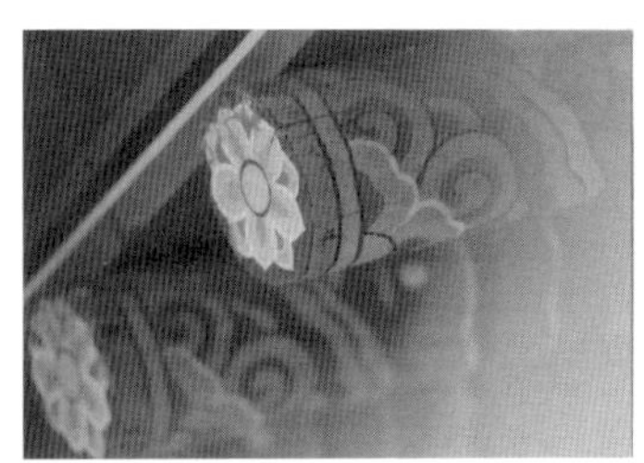

영그는 마음

오늘,
시월의 마지막 날
아직 밤은 아니어서
노래 속 분위기는 아니지만

밝은 햇살 자취 감추어
마음마저도 을씨년스러운데
아무런 추억도 없이
시월의 마지막 날이 갈지라도

가슴 활짝 펴고
웃음 가득한 하루를 살자
마음일랑 활짝 열고
고맙고 건강한 하루를 보내자

허수아비 옆 고개 숙인 벼들처럼
작은 가지에 매달린 붉은 능금처럼
우리들 마음도 익어보자
조금은 수줍게 영글어보자

꽃샘추위

나풀나풀 날아오던 봄이랑
이미 와서 잔치를 벌이던 봄이
꽃샘추위에 그만 일부는 얼어죽고
나머진 전부 뺑소닐 치던 날

이 아프도록 슬픈 오후
마땅히 할 일도 없던 나는
빈둥빈둥 시간을 죽이면서도
좁쌀만한 눈물 한방울 흘리지 않았다

마음은 이미 봄이요
주변은 온통 꽃소식으로 가득하거늘
어찌해 이다지도 겨울은 미련을 남기는가
어찌해 가야할 때를 잊었단 말인가

가벼워진 옷차림 비웃듯
서둘러 봄이라 여긴 마음 조롱하듯
한겨울 같은 꽃샘추위가 봄을 울린다
이 고비 넘겨야 진짜 봄이란다

저승사자

파리를 잡는 파리채 이름이
'햇살가득' 이다

수많은 목숨 처치해야 할 물건치고
이름이 너무 아름답다

저승사자 이름을 아는 사람은
아무도 없다

햇살 가득 받으며 죽는 목숨은
차라리 행복하다

세상에 무슨 원망 있으랴
아무런 여한이 없다

선택

할머니 옆에 자리 났다
앉을까 말까

아가씨 옆에 자리 생겼다
생각해 볼 필요 없다

등치 좋은 청년 옆에 자리 있다
주저하다 비집고 들어간다

내 옆에 자리 하나 있다
아가씨 망설인다

내 옆에 빈자리 생겼다
할머니 얼른 앉는다

내 옆에 자리 났다
앉는 사람 아무도 없다

함께 앉아 가는 것도 좋지만
혼자 앉아 가는 건 더 좋아

내 탓

절이 싫으면
중이 떠나야지
절더러 떠나라고
할 수는 없다

살다보면
이런 일 저런 일
마음에 들 때도 있고
안 들 때도 있지

둥글게 살자고
둥글게 사는 게 좋다고
남들은 말하지만
나는 둥글지가 못하네

오랜 시간 쌓아온 정
하룻밤새 무너지고
무상한 세월 살아온 죄
모든 건 내 탓

폭력의 생활화

이젠 폭력이 생활화됐다
때와 장소를 가리지 않는다

하찮은 일에도 언성을 높이고
사소한 일에도 시비를 건다

힘없는 약자들은 어떻게 사나
법의 보호를 받기도 힘들다

아침 식사 시간에 타박을 좀 했더니
마누라가 물을 엎질렀다

덕분에 바지가 젖었으나
나에겐 이것조차 폭력으로 보였다

시위

우리집 강아지도
시위를 한다

맛없는 사료 대신
밥을 달라고

벌써 며칠 째
단식 투쟁 중이다

손에 든 촛불 없어도
열기는 뜨겁다

가슴 속에 켜놓은
수백 개 촛불

배가 등짝에 붙을수록
더욱 영롱하다

죽으면 죽었지
꼬리를 내리진 않는다

촛불은 이제
강아지에게도 문화다

은혜

내가 대출 필요로 할 때
대출 안 해준 그 은행
고맙다

그 직원
너무 고맙다

바로 알기

차선을 바꾼다고
앞서갈 수 있는 것도 아니며
추월을 잘한다고 운전을 잘하는 것도 아니다

빠른 속도로 달리는 것이
자랑은커녕 어리석은 일이라는 것을
똑똑한 사람들은 잘 안다

천천히 가는 것이 정체의 원인이며
그로인해 욕을 오지게 먹을 수도 있다는 것을
어리석은 사람들은 알지 못한다

도로에만 나서만 폭군이 되고
차만 타면 제 인격이 드러나는 사람
사람을 알고 싶으면 그 사람의 운전을 보라

곳간

내 머리 속 시 곳간에
시는 한 줄도 없고

내 마음속 영혼 곳간에
사랑은 하나도 없고

내 주머니 속 돈 곳간에
땡전 한 푼 없고

내 가슴속 여유 곳간에
낭만은 그림자도 없네

어떤 놀이

5 − 0

12 − 0

25 − 0

48 − 0

70 − 0

126 − 1

134 − 3
.
.
.
.
???

3부

작·은·손

진화

나는 바구니 들고
쫄래쫄래
마누라 꽁무니 따라다니고

양복 빼입은 키 큰 저 아저씨
카트 끌고 졸졸
아주머니 꽁지 따라가고

언제부턴가 남자가
여자 뒤를 따라다니게 되었다
남필종부男必從婦

인류는 진화하고 있다

顯考 르망 府君 神位
– 르망을 추억하며

14년 탄 애마가 갔다
내 손과 내 청춘을 거쳐
조카 손에 잠시 머물렀다가
그 숨가쁜 생을 마쳤다

좋은 주인 만나지 못해
고생만 하다 갔다
마지막 임종도 못해
더더욱 송구스럽구나

내 너를 보내는 날
뜨거운 눈물 한줄기
흘리고 싶었으나
그것도 내 맘대로 못했다

네가 갔다는
소식을 듣고도
나는 진한 눈물 한방울
흘리지 않았다

고맙고 미안하다
친구 같았던 나의 애마여
네가 있어서 지금의 내가 있다

다음 생엔 부디
네가 주인 되는 세상에
태어나거라

네 마지막 가는 모습
보지 못한 것이
안타깝고 서운했다만
오히려 그것이 다행이구나

잘가라
잘가거라
너의 명복을 빈다
부디 극락왕생 하거라

요리도 수선을 한다

요리도 수선을 한다
짜게 달인 콩장
고소함 잃었으나

우리 집 수선의 달인
그냥 둘 리 없다
허투로 넘어가는 법 없다

노가리 찢어넣고
더 큰 사랑과 정성으로
새로 달인 콩장

두 놈을 함께 섞어
완전히 새로운 모습으로
탈바꿈 시켰다

왠지 허전했던 식탁
새 식구 등장에
눈동자 더욱 동그라진다

금실

우리 부부 금실을
수우미양가로 평가한다면
어디에 해당될까

아무리 못해도 양가는 아니야
적어도 미는 되겠지
아니 그래도 우 정도는 될 꺼야

함께 한 시간이 얼마인데
아직 수도 못되었니
스스로 생각해도 부끄러운 세월

존재가치

나의 존재를
고마워하고 아름답다고
생각해 주는 사람들이 있습니다

나를 벗으로 인정해 주고
동지로 받아주는
고마운 사람들이 있습니다

누구에게 뜨거운 사람보다는
아름답고 소중한 사람 되는 것이
더욱 중요한 일입니다

믿음과 사랑의 바탕 위에
서로 존중하고 아끼며
푸른 하늘 같은 마음으로 살 일입니다

소망

우리 딸
제 엄마처럼
낚시질 잘했으면
엄마만큼만 잘했으면

우리 아들
제 아비처럼
낚시 밥 잘 물었으면
아비만큼만 잘 물었으면

감투 벗으니

이젠 전시장에
아침부터 가지 않아도 된다

잔치 준비하느라
마누라 신세 지지 않아도 된다

혼자서 이리 뛰고 저리 뛰고
뻑하면 가게 문 닫지 않아도 된다

부족하고 모자라는 능력
억지로 쥐어짜내지 않아도 된다

모임 약속 시간에 일찍 나가거나
끝날 때까지 억지로 있지 않아도 된다

여기저기 전화하고 연락하느라
아까운 힘과 시간 버리지 않아도 된다

행사 앞두고 마음 조리거나
성과나 결과에 연연하지 않아도 된다

이것저것 준비하고 보고하느라
서투른 컴퓨터 솜씨 뽐내지 않아도 된다

시인에겐 향기가 있어야 한다

시인에겐 향기가 있어야 한다
꽃 같은 향기
샘물 같은 맑음
높은 하늘 같은 푸르름

시인에겐 우러나는 멋이 있어야 한다
사람다운 내음
겸손으로 낮아진 마음
가만있어도 풍기는 넉넉함

시인에겐 여유가 있어야 한다
실수를 용납하는 아량
급한 길도 돌아서 가는 낭만
아파도 웃을 수 있는 능청

시인에겐 따스함 있어야 한다
농담은 농담으로 받아들일 수 있어야 하고
진담은 새겨들을 줄 알아야 하며
남보다 잘난 것 감출 줄 알아야 한다

시인에겐 너그러움 있어야 한다
잘못은 인정할 줄 알고
잘못된 건 고칠 줄 알아야 하며
남의 장점 받아들일 줄 알아야 한다

시인에겐 열정이 있어야 한다
끝없이 배워야 하고
부족한 건 가꾸어야 하며
지금보다 나아지려 더욱 힘써야 한다

시인에겐 의무 있음을 알아야 한다
세상에 보탬이 되는 사람이 되어야 하고
세상을 진실되게 살아야 하며
시로써 인생을 완성해야 함을 잊어선 안된다

동반자

홀아비도 아닌데 혼자 다닐 순 없네
오랜만에 나선 여행길
미운 마누라도 동행하면 예쁜 법
어디에도 함께 할 동반자가 있다는 것
그것만으로도 행복이지

어느새 이마엔 주름이 가득하고
염색으로 감춘 흰머리가 안스러워질 때
함께 걸어온 세월이 눈에 보여
더욱 고맙고 애달퍼지네
손잡고 함께 늙어가는 인생 아름답다네

괭이질 소리

쉭 쉥쉥쉥
새벽 괭이질 소리

깊은 단잠 깨우는
아버지 밭 매는 소리

부지런도 이럴 땐 병
아침이 우는 소리

괭이질 소리

작은 손

작은 손
더 작은 손 만나
작은 울타리 꾸렸네

큰 손 되길
원하지 않았고
부러워하지 않았네

작지만 넉넉했네
작아도 아름다웠네
작아서 더더욱 포근했다네

못 다한 효도

어머니 돌아가신 다음날
눈이 내리기 시작했다
문상객들 모두 걱정이 태산 같았는데
막상 상 치루는 날 햇살은 포근하기만 했다

전날 내린 눈이 산을 가득 덮고 있어서
오히려 은은한 멋이 있었다
고즈넉한 산에 어머니를 모시며
아름다운 풍경에 마음을 놓기도 했다

화살처럼 지나간 지난 두어 달
모든 게 꿈만 같아 갈피 잡지 어려웠으나
낭낭하게 들려오는 선소리에
보이는 것은 아프도록 질펀한 달구질 뿐

나오지 않는 곡소리 입 밖으로 토하며
흐르지 않는 눈물 원망하면서
더 하지 못한 효도를 애달퍼 하네
어머니는 가시고 이미 땅에 묻히셨는데

자전

운전을 하면서 내가 미친다

가로막는 게 많아서 미치고
걸리는 게 많아서 돌고
마음대로 할 수 없어 뒤집어 진다

길이 좁아서 열 받고
속도를 못 내서 환장하고
기름이 떨어져서 뚜껑이 열린다

치미는 울화에 터지는 속
끝이 없는 스트레스
아, 운전은 괴로운 노동

돌고 도는 게 세상일이라지만
나는 스스로 자전을 한다
맘에도 없는 자전을 열심히 되풀이 한다

돈을 버는 이유

마누라가 오랜만에 가게엘 나왔습니다
오늘 하루 번 돈 다 챙겨가면서 한마디 합니다
'마누라 가게 나오면 돈만 다 집어갑니다'

그래서 제가 그랬습니다
'그래 다 가져가. 있는 것 다 가져가
돈 버는 거 나 쓸려고 버는 거 아녀
당신 줄려고 버는 거야'

마누라 얼굴에 함박웃음이 피었습니다
입이 함지박만 하게 벌어졌습니다
얼굴에 행복이 가득합니다
그리곤 이내 붉어진 얼굴로 말을 합니다
'어떻게 저렇게 이쁜 말을 할까'

제가 한 마디 더 했습니다
'아무리 말을 이쁘게 하면 뭐하누
뽀뽀도 안 해주면서'
아내가 웃으며 받습니다
알았어! 성큼 다가와 뽀뽀를 합니다
입술에, 진하지 않게 살짜기

4부

보·금·자·리

어떤 팔자

버스를 타고나서
앉을 자리가 없다는 것을
눈치 챈 그 남자는
갑자기 눈에서
힘이 빠져
실망하는
기색이 역력했다

버스 옆으로
고급 세단 지나갔다
누구는 기사 딸린 차를 타고
누구는 지친 몸으로
앉지도 못하고
선 채로 버스를 타야하고
그 남자 얼굴에 웃음기 가셨다

바보 만들기

신호 받아 서 있는데
아직도 빨간불 그대로인데
옆 차선으로 쏜살같이 지나가는
간 큰 신호위반 차량

파란불 기다리는 나를
순식간에 완전한 바보로 만든다
멀대 같은 놈이라고
보란 듯이 비웃고 사라진다

저승길

TV가 사망하였다
한달 전부터
산소호흡기 달고 살더니

일주일 전부터는
아예
의식불명 상태에 빠졌다

전기충격기로 충격을 주듯이
전원을 넣다 빼었다 해야
겨우겨우 호흡 하였다

목숨 부지하기 어려울 줄 알았다
이대로 얼마나 더 살려는지
저승이 지척에 있었다

어제까지도 그런대로 살아 있었는데
오늘 갑작스레 숨을 거두었다
기어코 가고야 말았다

가뜩이나 주머니 빈약한데
저승길 가는 늙은 TV가
손을 내민다

돈 달라고

어떤 집

벌판에 홀로 우뚝 솟은 집
생김새부터 남다르다

반듯한 모양새에 키도 크고
수많은 창이 색다르다

선뜻 한 눈에 띄는 곳에 자리잡아
오가는 사람들 유혹한다

이름도 멋진 영어로 쓰여진 곳
무심코 지나치기 힘들다

둘만의 공간이 필요한 사람
언제고 환영이다

밤이면 더욱 화려하게 바뀌는 집
눈길 거두기 차마 어렵다

보금자리

높다란 미루나무 위의 까치집
얼기설기 굵은 나뭇가지로 지었다
보일러도 없고 창문도 없고
거실이나 주방이 따로 있지도 않지만

새끼를 품어 기르고
꿋꿋하게 세상을 배우며
사랑이 움트고 숨결이 배인 곳
모진 비바람 견뎌내며 세월을 이긴다

하늘과 바람과 교감하며
날 수 있는 능력에 감사하며 산다
보기엔 엉성할지라도 대궐 같은 보금자리
까치 식구들에겐 세상 부러울 게 하나도 없다

낙오자

천지는 귀 막은 사람들 세상
소리를 듣지 않기 위함이 아니라
더 많은 소리를 듣기 위함이다

나만을 사랑한다는 소리와
또 한 번의 즐거운 만남을 위하여
그리고 때로는 그냥 헛소리만을 위하여

사람들은 스스로 귀를 막는다
세상과의 단절이 곧 소통임을 알기에
어떤 희생도 기꺼이 감수한다

이제 귀를 막지 못하는 사람은 낙오자다

사랑받는 법

나는 아침마다 처녀의 배를 쓰다듬는다
벌러덩 드러누운 처녀의 자태는
자못 선정스럽지만
그녀는 조금도 부끄러워하지 않는다

처녀는 사랑받는 법을 안다
민망한 자세로 내 손길을 애타게 기다리지만
그것이 서로에게 기쁨이 된다는 것을
그녀는 너무도 잘 알고 있다

진공청소기

빨아들여
쓸모없는 것들
하나도 남김없이 모조리

지나간 자리
깨끗하고 말끔하게
새로운 모습으로 탈바꿈 시켜

강력한 힘으로
소용없는 것들 깡그리
쓰레기통으로 처박아 버려

끌어들여
먼지 같은 존재들
한꺼번에 싸그리 쓸어버려

진공청소기

죄짓는 마음

건강한 육체가 지나갈 때
저절로 따라가는
눈동자에겐 죄가 없다

그건 눈이 따라간 게 아니라
마음이 따라간 것이다
죄는 마음에 있다

그러나 마음은 억울하다
세월이 아무리 지난들
아름다움을 어찌 외면할 수 있으랴

마음과 마음이 만나는 건 신비다
죄를 짓지도 못하는 마음은
마음도 아니다

이 무슨 지랄인가

차 중에는
밟아도 밟아도
안 나가는 차가 있고
밟는 대로 나가는 차도 있다

밟기만 해도 나가는 차를
안 나가는 차처럼 타라는 건
웃기는 이야기다

긴 내리막길
탄력을 받은 차는 가속도가 붙는다
그게 자연스런 일이다

한창 신나게 내려가는데
중간지점 지나 과속감지기 있다
그걸 그냥 지나갈 부은 간덩이는 없다

자연스런 흐름 끊어놓는다
잘 나가던 차 못 나가게 막는다
이게 뭔가
기름 한 방울 안 나는 나라에서

줄인 속도 다시 내야하고
떨어진 탄력 다시 붙여야 한다
기름과 돈과 시간이 곱빼기로 든다

이게 뭔가
이 무슨 지랄인가

체통

소형차가 까부는 건
봐줄만 하지만
대형차가 까부는 것은
눈살 찌푸러진다

국산차가 신호위반 하는 건
웃으며 넘길 수 있지만
고급 외제차가 그러는 건
웬지 민망스럽다

헌 차를 함부로 굴리는 건
이해가 가지만
새 차를 함부로 굴리는 건
이해하기 힘들다

남자가 난폭운전 하는 건
으례 그러려니하지만
여자의 난폭운전은
가소로워 보인다

이십대가 과속을 하면
피가 끓어서 그런가보다 하지만
노인네가 과속을 하는 건
망령들었다 여긴다

초보가 설설 기는 건
애교로 봐줄 수 있지만
초보도 아닌 차가 기어가는 건
용서가 되지 않는다

자서전 쓰기

하고 싶은 말
참 많았지
아무에게나 떠들고 싶었던

글로 쓸 수도 없어
고이 고이 가슴에 묻어야 했던
혼자만 아는 비밀 되었지

나이 먹어 늙은이 되었더니
자서전을 써보라 하네
오호라, 그런 게 있었구나

지난 세월 되돌아 보고
남은 인생 새롭게 가꾸어 줄
내 인생의 비망록

자서전 쓰기

그때 못 했던 말들
아껴 두었던 고운 사연들
기억은 가물가물 흐려져만 가는데

이제사 나눌 수 있을까
모두가 부질없는 짓인지도 몰라
망설이는 마음에 이슬 맺히네

승부

한 집을 지나
만방으로 지나
지는 건 마찬가지

어차피 질 바엔
이판사판
모든 건 운명에 걸고

새로운 전투
억지 수와 무모한 행마
끝까지 버티기

기싸움에 밀리면
승리는 끝장
모든 건 물거품

천만다행

꿈속에서 딱지 떼었다
직진하다 불법 좌회전 했다고
신호위반이란다

단속 경찰과 벌인 실갱이
딱지떼고 무는 벌금은
너무 아까워

나는 사정사정 하면서
한번만 봐달라고 매달렸으나
그 녀석은 막무가내였다

꿈속에서 나는 너무 너무
너무 비굴했다
치사하고 불쌍했다

정말 실감나는 꿈이었다
진짜인줄 알았다
진짜가 아니어서 다행이었다

인지생략

over a wall poetry **8**
내가 그리는 풍경

2009년 5월 13일 초판 1쇄 인쇄
2009년 5월 15일 초판 1쇄 펴냄

지은이 | 강돈희
펴낸이 | 송계원

사   진 | 강돈희
기   획 | 송동현
편집 · 디자인 | 서덕형

펴낸곳 | 도서출판 담장너머
등   록 | 2005년 1월 27일 제2-4102
주   소 | 100-273 서울시 중구 필동3가 55-1 301호
전   화 | 02-2268-7680
팩   스 | 02-2268-7681
이메일 | overawall@hanmail.net